Vente des Vendredi 19 et Samedi 20 Janvier 1866

OBJETS D'ART

ET DE HAUTE CURIOSITÉ

PROVENANT EN GRANDE PARTIE

DE LA

Précieuse Collection de M. de NOLIVOS

EXPOSITIONS { PARTICULIÈRE, le Mercredi 17 Janvier 1866
PUBLIQUE, le Jeudi 18 Janvier 1866

Me Ch. PILLET, Commissaire-Priseur

MM. MANNHEIM, Experts

PARIS. — IMPRIMERIE PILLET FILS AINÉ
5, RUE DES GRANDS-AUGUSTINS

ny'

Buste petite

35. Boulevard des Capucines

CATALOGUE

D'OBJETS D'ART

ET DE HAUTE CURIOSITÉ

ANTIQUES, DU MOYEN AGE

ET DE LA RENAISSANCE

TABLEAUX & DESSINS

PROVENANT EN GRANDE PARTIE

De la précieuse Collection de M. DE NOLIVOS

ET DONT LA VENTE AURA LIEU

HOTEL DROUOT, SALLE N° 1

LES VENDREDI 19 & SAMEDI 20 JANVIER 1866

à deux heures.

Par le ministère de Me **CHARLES PILLET**, Commissaire-Priseur,
rue de Choiseul, 11

Assisté de MM. **MANNHEIM**, Experts, rue de la Paix, 10,

EXPOSITIONS { PARTICULIÈRE, le Mercredi 17 Janvier 1866.
PUBLIQUE, le Jeudi 18 janvier 1866,

DE UNE HEURE A CINQ.

CONDITIONS DE LA VENTE

Elle sera faite au comptant.

Les adjudicataires payeront cinq pour cent en sus des enchères.

Les expositions mettant le public à même de se rendre compte de l'état des objets, il ne sera admis aucune réclamation une fois l'adjudication prononcée.

Ce Catalogue se trouve :

Chez MM.

A *Paris*,	Charles Pillet, commissaire-priseur, 11, rue de Choiseul.
	Mannheim, experts, 10, rue de la Paix.
A *Londres*,	Colnaghi, 14, Pall-Mall-East.
—	John Webb, 22, Cork-Street, Burlington-Garden.
—	H. Durlacher, 113, New-Bond street.
—	Annoot, 16, Old-Bond street.
—	F. Davis, 101, New-Bond street.
—	Gambart, 120, Pall-Mall.
A *Bruxelles*,	Etienne Leroy, 12, place du Grand-Sablon.
A *Rotterdam*,	Lamme, conservateur du Musée.
A *La Haye*,	Van Gogh, marchand d'estampes.
A *Berlin*,	Fiocati, 21, unter den Linden.
—	Lepke, 12, id.
A *Vienne*,	Artaria et Cᵉ.
—	Maison Goupil, représentant M. Kaeser.
A *Francfort-s.-Mein*,	Lœvenstein frères, Zeil.
—	Goldschmidt, Zeil, hôtel de Russie.
A *Saint-Pétersbourg*,	Negri, père et fils.

DÉSIGNATION

DES OBJETS

MONUMENTS ANTIQUES

Sculptures en marbre.

1 — Haut-relief. — Bacchus, Ariane et Sylène. — Bacchus jeune, assis sur un char richement orné, soutient de son bras gauche Ariane, vue de dos et posée sur ses genoux. Sylène, debout derrière le char, semble vouloir arracher le Dieu des bras de la fille de Minos et de Pasiphæ. Haut. 37 cent. larg., 36 cent.

La perfection apportée dans l'exécution des moindres détails de cette œuvre, la légèreté des draperies, la grâce, l'expression des figures qui composent cette scène, font de ce monument un spécimen des plus remarquables de l'art grec à sa plus belle époque. Son auteur fut, sans aucun doute, un des plus grands artistes du siècle de Périclès.

E. André 2 — Ronde bosse. — Atys debout, portant une corne d'abondance. Charmante figure romaine. Haut. 48 cent. 1,000

3 — Bas-relief. — Petite frise présentant à son centre une palmette, à droite et à gauche un sphinx à tête de femme, et à ses extrémités un demi-vase. Haut. 12 cent., larg. 43 cent. 305.

4 — Basalte vert. Ronde bosse. — Petite tête mutilée d'un satyre; fragment d'une figure très-spirituellement exécutée. Collection Pourtalès. 185.

Sculptures en terre cuite.

5 — Deux bas-reliefs sans fonds, se faisant pendant. Guerriers combattant des amazones. 510.

Ces sortes de bas-reliefs en appliques sont très-rares.

6 — Petit masque scénique. — Tête de femme coiffée d'un bandeau. 325.

7 — Bas-relief. — Tête de jeune femme, vue de profil, et tournée vers la gauche. Le style et la beauté de cette pièce rappellent les beaux types des médailles de la Sicile. 260

Mosaïque et Verre.

8 — Mosaïque de forme carré-long en hauteur. Elle présente dans sa partie supérieure un cartouche à rinceaux. Au-dessous, deux sphinx ailés à têtes humaines ont leurs corps enroulés autour d'un thyrse, qui prend naissance au centre d'un ornement d'où s'échappent des épis de blé et des lis.

Toutes les parties de cette mosaïque sont exécutées en cubes de verre de couleurs sur fond blanc. Deux pilastres de même style et de même travail existent dans la cathédrale d'Orvieto. Haut., 39 cent.; larg., 26 cent.

9 — Coupe sans anses en verre, avec ornements irréguliers confondus ensemble. Cette jolie coupe offre les couleurs blanche, jaune, bleu, violette et rouge. Collection Pourtalès. Diam., 8 cent.

Bronzes.

10 — *Fiscum*, partie en bronze et partie en fer. — Vase précieux, nouveau et unique par sa forme comme par sa destination. La panse de fer qui avait la forme de gourde ou de bourse aplatie, a disparu en partie par l'action du temps, mais son ornementation de bronze est restée toute

entière et de la plus parfaite conservation. Elle se compose d'un cercle de bronze de 5 cent. de largeur qui relie le pied du vase à son ouverture, et auquel se rattache une anse mobile surélevée, formée de deux cariatides d'enfants se terminant en feuilles d'acanthe; sur chacune des faces latérales se détache en ronde-bosse une élégante figure d'Éphèbe nu, qui repose sur un fleuron en forme de console : le bras élevé avec grâce semble compter des pièces de monnaies.

L'ouverture, de 4 cent. de diamètre, est à double couvercle; le second, qui se fermait au moyen d'une serrure encore bien conservée, indique très-clairement que le vase était destiné à renfermer des espèces d'or et d'argent.

Ce bel antique, certainement fabriqué dans les Gaules mais où brille toute la grâce de l'art gréco-romain du siècle d'Auguste, a été découvert récemment dans les atterrissements du Rhône, près de Lyon; et nous semble destiné à occuper une place distinguée parmi les monuments de cette époque qui intéressent plus particulièrement notre pays. Haut. totale 31 cent. Diam. 23 cent.

11 — Figurine. — Apollon debout et nu, portant sur son bras gauche une draperie; ses yeux sont en argent. Belle patine vert foncé. Ses proportions un peu longues rappellent les œuvres de Lysippe.

La perfection de la ciselure des cheveux, la beauté de la tête, le modelé du corps, rendent ce bronze digne d'être placé dans les premières collections. Haut. 11 cent.

12 — Deux figurines, se faisant pendant: Camille debout. — Leurs yeux et quelques ornements de tête sont en argent.

Il manque à chacune d'elles le bras qui tenait la patère. Ces deux statuettes, munies d'une belle patine vert clair, nous semblent avoir orné le haut d'une siste et être d'un travail gréco-italien. Haut., 18 cent.

13 — Figurine. — Personnage debout et drapé. Ses yeux sont en argent. Cette statuette nous paraît représenter Hercule vêtu de la robe de Déjanire. Haut. 15 cent.

14 — Figurine. — Faune nu et debout. Il tient sous son bras gauche une amphore à deux anses et tient de sa main droite un fragment. Patine verte. Haut. 175 millim.

15 — Masque d'un très-beau caractère portant une barbe divisée en boucles séparées. Son front est ceint d'un bandeau d'argent placé au-dessous d'une couronne de feuilles de lierre et de corymbes plaqués d'argent. Ses oreilles sont celles d'une chèvre.

Ce masque, dont le dessus est garni d'un anneau, à dû être appliqué sur un vase ou sur quelqu'autre meuble précieux. Il provient de la collection Pourtalès. Haut. 25 cent.

16 — Petite tête de Minerve portant un casque à trois aigrettes et vue de face. Morceau d'application exécuté au repoussé et muni d'une belle patine. Haut. 7 cent.

17 — Tête de Minerve casquée, grandeur presque nature. Les yeux manquent.

18 — Très-petite figurine de femme drapée, assise et coiffée d'un diadème ; elle tient une patère de la main droite. Travail d'une grande finesse. Haut. 55 millim.

19 — Mars. — Figurine debout. Le corps du dieu est entièrement nu, la tête est couverte d'un casque très-richement orné. Sur socle de spathfluor d'Islande. Haut. 20 cent.

20 — Anse de vase dont les extrémités se terminent par deux têtes casquées. Patine verte. Larg. 18 cent.

21 — Candélabre étrusque en bronze reposant sur un pied à trois griffes de lion. Au centre de ce pied est une figurine d'homme nu, debout, supportant la colonne, qui se termine par quatre branches au centre desquelles se trouve une petite figurine d'homme debout et drapé. Haut., 68 cent.

22 — Glaive antique romain, en bronze, avec lame striée.

23 — Charmante figurine de Méléagre debout, portant une draperie sur l'épaule gauche. Ce bronze a reçu au XVIe siècle une nouvelle patine. Haut. 205 millim.

24 — Quelques figurines et statuettes en bronze, qui seront vendues séparément.

MONUMENTS

DU MOYEN AGE & DE LA RENAISSANCE

Marbres italiens.

DONATELLO.

25 — Bas-relief. — La Vierge, vue à mi-corps, adorant son divin Fils; dans le champ se trouvent deux figures d'anges. Haut., 40 cent.; larg., 33 cent.

M. Paul Mantz a publié dans la *Gazette des Beaux-Arts* (octobre 1865) un article sur les monuments de la Renaissance, faisant partie de l'exposition rétrospective; il s'exprime ainsi au sujet de ce précieux objet :

« La première œuvre qui doive nous arrêter est un bas-« relief de Donatello exposé dans la vitrine de M. de Nolivos. « Le grand artiste y a figuré la Vierge, vue à mi-corps et « adorant l'Enfant Jésus qui joue devant elle : deux anges « complètent le groupe familier. Ces figures sont d'un relief « très-doux et semblent à peine prises dans l'épiderme du « marbre. La madone, naïve, adorablement enfantine, y « montre ces yeux en amande, ces doigts effilés, ce tendre

*

« sourire un peu chinois qu'on admire dans les bas-reliefs du « musée de Turin. En ce genre de sculpture, où il demeure « le maître par excellence, Donatello allie la singularité à la « grâce, il mêle la curiosité au sentiment. La souplesse infinie « de son invention est bien faite pour confondre l'esprit. Nous « constations tout à l'heure que, dans le modèle de la statue « de Gattemalata, Donatello a eu la haute et vraie notion de « l'art antique. Il ne reste plus trace de cette influence dans « les bas-reliefs comme celui que possède M. de Nolivos, dans « les terres cuites que nous rencontrerons bientôt. Ainsi Do- « natello est tour à tour grec ou catholique ; il est romantique « et farouche dans sa Judith, féodal dans le lion héraldique « de Florence, ascétique dans la Madeleine du baptistère de « Saint-Jean, émouvant toujours ! Il a toutes les cordes et tous « les dons. »

MINO DE FIESOLE.

26 — Haut-relief. — La Vierge, vue de face et à mi-corps, tient son divin Fils assis sur ses genoux. L'Enfant Jésus bénit de la main droite, et sa main gauche est appuyée sur la sphère, surmontée d'une croix. Haut., 55 cent. ; larg., 40 cent.

DU MÊME.

27 — Bas-relief. — La Vierge et l'Enfant Jésus. Assise sur un siége à X, dont la forme rappelle les bas-reliefs de Fiesole ; la Vierge, la tête légèrement penchée, tient son divin Fils assis sur ses genoux.

Ces figures à reliefs très-peu saillants, sont d'un sentiment plein de suavité. Haut., 41 cent. ; larg., 28 cent.

BERNARDO ROSSELLINI.

28 — Haut-relief. — La Vierge assise et vue à mi-corps tient son divin Fils debout, reposant sur un coussin. Le champ est orné d'un feston de lauriers.

Cette sculpture, qui est d'un grand caractère, a conservé des traces de dorure. Haut., 50 cent. ; larg., 40 cent.

BENEDETTO DA MAIANO.

29 — Haut-relief. — La Madone, vue à mi-corps, tient l'Enfant Jésus debout sur ses genoux.

Dans le fond se trouve un feston d'ornements.

Cette sculpture, qui a conservé des traces de dorure, est d'un sentiment charmant. Haut., 50 ; larg., 38 cent.

ALESSANDRO VITTORIA.

ÉCOLE VÉNITIENNE.

30 — Vittorio Grimani, buste de marbre blanc, proportion plus grande que nature : tête jeune, buste drapé à l'antique. On lit dans un écusson au revers :

VICTOR
GRIMA
NVS
HYERO
NIMI
FILIVS.
P. V.

et à l'épaule gauche les lettres : A. V. F. (Alessandro Vittoria fecit). Alexandre Vittoria est surtout célèbre par les bustes nombreux qu'il a exécutés en terre cuite, ceux de marbre sont beaucoup plus rares ; le nôtre est plein de grandeur et de la plus parfaite conservation. Haut., 95 cent.

Victor Grimani, d'une famille ducale de Venise, bien illustre dans l'histoire de l'art par les grands ouvrages exécutés sous sa direction, avait réuni dans son palais, à *Santa-Maria-Formosa*, de précieuses collections d'antiques en tout genre, et l'on raconte que le roi de France, Henri III, employa toute une journée à les examiner, lors de son passage à Venise en 1574.

BARTOLOMEO AMMANATI.

ÉCOLE FLORENTINE.

31 — Jésus-Christ, buste à mi-corps de marbre blanc ; les longs cheveux du Sauveur descendent en boucles arrondies sur ses épaules, drapées avec beaucoup de grâce; la tête élégante et fine a un cachet de distinction fort rare dans un pareil sujet. Haut., 63 cent.

L'Ammanati, à qui l'on doit la belle fontaine du Géant placée à l'angle du Palais-Vieux, à Florence, n'a laissé que très-peu d'ouvrages en marbre.

ANDREA FERRUCCI.

32 — Ronde-bosse. — Saint Jean debout et nu. Il bénit de la

main droite et tient la sphère de la main gauche. Haut., 43 cent.

CIVITALI DE LUCQUES.

33 — Pilastre d'angle, présentant sur chacune de ses faces un candélabre très-richement orné et surmonté d'un chapiteau composite de style antique. On remarque dans le bas de cette pièce, un coq, qui peut être considéré comme la signature du maître, cette marque se retrouvant sur la plupart de ses œuvres. Haut., 1 mètre.

34 — Buste, de grandeur naturelle, du DOGE CICOGNA, en marbre blanc sculpté; sur piédouche très-riche, qui présente sur sa face les armes parlantes du Doge, et sur chacun de ses côtés, des guirlandes et des cariatides.

Beau travail de la seconde moitié du XVIe siècle.

35 — Deux pilastres : l'un d'eux se termine, dans sa partie supérieure, par une figure d'Hercule qui repose sur une suite de flambeaux et de vases; l'autre, de même style, présente à sa partie inférieure un groupe de trois figures d'enfants qui supportent l'ensemble de la composition.

Ces deux pièces, exécutées dans le beau style de la fin du XVe siècle, doivent être attribuées à Amadeo, à qui l'on doit de nombreux travaux à la Chartreuse de Pavie, et à la Chapelle de Coleoni à Bergame.

36 — Deux pilastres moins riches que ceux qui précèdent.

Leur ornementation se compose de rinceaux et de feuillages. Travail de la fin du xve siècle.

37 — Beau buste en marbre blanc, grandeur nature, représente le pape Alexandre VII, de la famille Chigi de Sienne. Cette œuvre d'une exécution très-large est attribuée au Puget et provient du palais Rondinelli à Florence. Haut., 86 cent.

TERRES CUITES

---

38 — Magnifique buste, grandeur nature, de **Jérôme Benivieni**, célèbre poète et philosophe de la fin du xv° siècle, qui fut l'ami des plus célèbres personnages de cette époque, entre autres de Pic de la Mirandole, auprès duquel il repose dans l'église de Saint-Marc à Florence. La réputation de cette œuvre exceptionnelle, si pleine de mérite, nous dispense d'en donner d'autres détails.

Nous renvoyons, du reste, le lecteur à l'article judicieux et savant que M. Paul Mantz a publié dans la *Gazette des Beaux-Arts* (octobre 1865) sur ce monument, qu'il attribue au célèbre Lorenzo di Credi. Haut., 54 cent.

39 — Charmant petit buste d'enfant, en terre cuite, la poitrine couverte d'une draperie. Beau travail de la fin du xve siècle, de l'Ecole de Donatello. Haut., 30 cent.

40 — Autre joli buste d'enfant en terre cuite, analogue à celui qui précède. Haut., 30 cent.

41 — École de Donatello. — Saint Jean-Baptiste, buste de jeune homme à mi-corps, grandeur nature. Un mouve-

ment gracieux ramène le bras droit et la main sur la poitrine. Terre cuite, portant des traces de coloriage de l'époque. Haut., 50 cent.

42 — Haut relief de terre cuite, cintré par le haut. — Saint Georges debout, le pied gauche appuyé sur le monstre. La main droite tient un glaive, et sur la main gauche repose une sphère. Beau travail attribué à Verrocchio. Haut., 56 cent.; larg. 34 cent.

43 — Buste en terre cuite de Marie de Médicis, jeune, dans un costume de l'époque, et avec piédouche attenant à l'objet, présentant sur sa face un mascaron fantastique ailé. Haut., 60 cent.

44 — Statuette en terre cuite. — David debout, vainqueur de Goliath. Il porte une armure richement ornée. Haut., 50 cent.

45 — Haut relief en stuc dur. — La Vierge, vue à mi-corps, tient son divin Fils entre ses bras. Haut., 50 cent.; larg., 50 cent.

TERRES CUITES

DE LUCA DELLA ROBBIA

46 — Bas-relief en terre cuite non émaillée. — Saint Jean debout. Il tient une plume de la main droite et de l'autre son évangile. Travail d'un grand style et plein de noblesse. Haut. 90 cent.

47 — Bas-relief de forme cintrée. — La Vierge et saint Joseph en adoration devant l'enfant Jésus. Les figures sont émaillées blanc et le fond est bleu. La figure de saint Joseph offre cette particularité qu'elle représente le portrait de Luca della Robbia lui-même. Ce fait a été plusieurs fois reconnu dans les œuvres de cet artiste. Ce bas-relief est placé dans une belle bordure monumentale en bois sculpté de l'époque. Haut., 62 cent. Larg., 43 cent.

48 — Haut-relief de forme cintrée. — Il présente à son centre la figure de la Vierge vue à mi-corps et les mains jointes, entourée des figures des quatre évangélistes et surmontée du Saint-Esprit. Les figures sont émaillées blanc sur fond bleu. Dans la partie supérieure du cintre se trouve une

tête de chérubin et deux guirlandes de fruits émaillés en couleurs, formant bordure. Le cul-de-lampe est orné d'une tête de chérubin et de deux cornes d'abondance émaillés blanc et en couleurs sur fond bleu. Au revers se trouve l'inscription suivante :

LUCAS HOC OPUS. F. 1409.

Haut. 55 cent., larg. 55 cent.

49 — Haut-relief. — Tête de cardinal coiffé de sa barette. Les chairs sont réservées en terre et les draperies sont émaillées blanc sur fond bleu clair. Grandeur nature.

50 — Haut-relief. — Deux têtes d'apôtres : saint Pierre et saint Paul ; elles sont émaillées blanc sur fond bleu et forment pendant.

51 — Haut-relief. — Trois belles frises offrant à leur centre une tête de chérubin reposant sur des rinceaux, se terminant par des cornes d'abondance et enrichis d'oiseaux et de palmettes. Le tout est émaillé blanc sur fond bleu. Haut. 30 cent., larg. 59 cent.

52 — Bas-relief. — Très-joli cul-de-lampe orné d'une tête de chérubin et de cornes d'abondance, émaillés blanc et en couleurs sur fond bleu. Larg. 68 cent.

53 — Haut-relief. — La Vierge adorant l'enfant Jésus ; un Saint-Esprit descend auprès d'elle ; en haut, Dieu le Père dans une gloire de chèrubins, la bénit. Les figures sont émaillées en blanc, le fond est bleu. Epreuve superbe de fraîcheur. Haut. 70 cent., larg. 47 cent.

BRONZES D'ART

DE LA RENAISSANCE

54 — Buste de femme, la tête légèrement penchée vers la gauche et coiffée à la manière antique. Ce joli bronze est attribué à Cavinus de Padoue, célèbre graveur en médailles au XVIe siècle. Haut. 18 cent.

55 — Jolie figurine de satyre debout, jouant du chalumeau. Bronze florentin du XVIe siècle, muni d'une très-belle patine. Elle provient de la collection de M. de Monville. Haut. 30 cent.

56 — Saint Sébastien debout, attaché à un arbre. Beau bronze doré, de la fin du XVe siècle, dans le style de Mantegna. Haut 36 cent.

57 — Tête de femme en haut-relief sortant d'un fleuron découpé; les chairs sont d'une belle patine noire, les cheveux et les feuillages sont dorés. Bronze florentin du XVIe siècle.

58 — Tête barbue se détachant en ronde bosse sur un fond quadrilobé.

Ce bronze, d'une grande finesse, a été fait par Lorenzo Ghiberti (1381-1455) pour orner un des points d'intersection des plates-bandes de la petite porte du baptistère de Florence, exécutée en 1420-1425. Les imperfections de fonte que l'on peut remarquer dans la chevelure n'ont probablement pas permis de l'employer. Il provient de la Collection de M. Eugène Piot.

59 — Très-belle sonnette, dont le pourtour est orné d'une bacchanale de la plus grande finesse d'exécution. A sa base se trouve l'inscription suivante :

Si. Foy. dico atta Men.

Beau travail italien du commencement du XVIe siècle.

60 — Petite lampe en bronze à trois becs ornés de mascarons et avec double frise de bacchanales, etc. Travail italien de la fin du XVe siècle.

61 — Haut-relief ciselé avec le plus grand soin. Hercule au repos, appuyé sur sa massue, un lion couché à ses pieds. Beau travail d'Andréa Riccio de Padoue (1460-1532). Haut. 29 cent., larg. 15 cent. Collection de M. Eugène Piot.

62 — Masque d'enfant. — Joli bronze du commencement du XVIe siècle, muni d'une belle patine.

63 — Joli vase en bronze de forme très-élégante, à deux

anses formées de volutes et de têtes de femme. Sa panse présente sur chacune de ses faces deux figures de génies ailés soutenant un écusson armorié et des cartouches portant les lettres A et C. Le culot du vase, son piédonche et sa gorge sont enrichis d'ornements en relief. Travail italien du XVIe siècle. Haut. 12 cent.

64 — Pied de flambeau triangulaire, à griffes de lion surmontées de feuillages.

65 — Flambeau à large bobèche cylindrique, orné de cartouches et reposant sur trois cariatides ailées à têtes barbues. Bronze italien du XVIe siècle.

66 — Lampe en forme de faune barbu, nu et accroupi. Sa barbe et sa chevelure ont conservé des traces de dorure. Beau travail de la fin du XVe siècle.

67 — Statuette en bronze. Neptune debout. Travail italien de la première moitié du XVIe siècle. Haut. 27 cent.

68 — Charmant petit buste en bronze, personnage à chevelure crêpue, coiffé d'une toque. Ouvrage italien de la fin du XVe siècle.

69 — Satyre portant un vase, et accroupi sur une base triangulaire ornée. Bronze doré de la fin du XVe siècle.

70 — Très-beau flambeau en bronze, fondu à cire perdue. Le balustre est orné de feuillages et des mufles de lion portant

des guirlandes, décorent le vase qui unit le balustre au pied. Ce dernier est enrichi de feuillages et de mascarons du plus grand style.

Ouvrage de la fin du xve siècle, dans le style de Riccio de Padoue.

71 — Flambeau analogue à celui qui précède. Son ornementation consiste en palmettes et feuillages d'un grand style. Même époque.

72 — Bassin de forme hexagone en bronze. Il présente sur chacune de ses faces un aigle aux ailes éployées, entouré de feuillages d'un grand style. — Cette pièce est supportée par six pieds formés de mascarons.

73 — Tête de faune en bronze florentin. Travail du xvie siècle.

74 — Bas-relief. — Pieta. — Le Christ mort dans les bras de sa mère ; à droite et à gauche des anges accompagnent cette composition.

Ce magnifique bas-relief, d'un grand style et d'une exécution parfaite, est incontestablement de la main de Sansovino, et rappelle le beau monument de la place Saint-Marc. Larg., 33 cent.; haut., 21 cent.

EDME BOUCHARDON.

ÉCOLE FRANÇAISE.

75 — Tête d'enfant, grandeur nature. Bronze très-finement ciselé sur piédouche de marbre griotte.

SCULPTURES EN IVOIRE

76 — Grand et beau dyptique en ivoire. Chacun de ses volets présente en trois registres des scènes de la Passion sculptées en très-haut relief. Beau travail italien du XIVe siècle. Haut., 21 cent.; larg., 26 cent.

77 — Très-beau groupe en ivoire sculpté : la Vierge et l'enfant Jésus. Assise sur un trône, dont les côtés sont ornés d'une figure d'ange accroupi sculptée en bas-relief, la Madone tient de son bras gauche son divin Fils debout sur ses genoux, et de la main droite un livre. Haut., sans le socle, 19 cent.

Cette œuvre, du mérite le plus distingué, et que nous attribuons à Jean Goujon, a cela de remarquable, que la tête de la Vierge présente le portrait de Diane de Poitiers.

78 — Bas-relief. — L'incrédulité de saint Thomas. Jésus-Christ debout, devant la porte d'un édicule qui occupe le fond du bas-relief, ouvre sa tunique et invite saint Thomas à toucher lui-même la plaie qu'il découvre en écartant ses vêtements. Onze personnages entourent la figure prin-

cipale; une inscription grecque, ayant trait au sujet, occupe le haut.

Ivoire byzantin du xe au xie siècle, d'une finesse d'exécution très-remarquable.

79 — Le Christ à la colonne. Charmant ivoire italien de la fin du xvie siècle. Haut., 8 cent. 160.

SCULPTURES EN BOIS

---

80 — Bas-relief. — La naissance d'Adonis. Belle composition de quantité de figures dans le style et de l'époque de Mantegna. Haut., 30 cent.; larg., 68 cent.

81 — Deux pilastres et leurs chapiteaux, en bois de noyer sculpté, dans le style de Barilli de Sienne et composés de rinceaux et d'ornements.

82 — Trois frises en bois de noyer sculpté, de même travail, composées de rinceaux et d'oiseaux en relief.

83 — Deux pièces en bois sculpté : Chapiteau et fragment de frise de la plus grande finesse.

84 — Joli cadre de miroir italien, de forme monumentale, en bois de noyer sculpté, doré en partie. Il est enrichi d'ornements à rinceaux, et son fronton se compose de dragons et d'enroulements. XVIe siècle.

85 — Cadre analogue à celui qui précède.

FAIENCES DIVERSES

FABRIQUE SICULO-ARABE

86 — Vase de forme cylindrique, décoré de chevaux tracés en noir sur fond gris et rehaussé de bleu. Echantillon intéressant par son style. XIVe siècle. Haut., 30 cent.

87 — Vase de forme droite et octogone, fond bleu lapis, décoré d'ornements à reflets métalliques jaune d'or. Haut. 32 cent.

FABRIQUE HISPANO-ARABE

88 — Vase de forme ovoïde, orné de quatre anses, dont la panse à bossages est très-finement décorée de dessins à reflets métalliques rouge rubis. Haut., 20 cent.

89 — Beau plat à ombilic, à godrons et dont la bordure est ornée de parties en relief figurant des feuillages; le tout décoré en bleu et à reflets métalliques rouges. Diam. 47 cent.

90 — Autre plat à ombilic, à peu près semblable au précédent. Diam., 49 cent.

91 — Plat en forme de bassin peu profond, décoré au centre d'une figure d'animal et de feuillages de style tout à fait mauresque, rehaussé de jaune à reflets métalliques. Dans le bord sont quatre couronnes bleues. Qualité très-rare. Diam., 44 cent.

92 — Beau plat, décoré en croix de curieuses palmes mauresques et de bandes de caractères cufiques bleus rehaussés de reflets métalliques rouges. Qualité rare du vase de l'Alhambra. Diam., 46 cent.

FARRIQUE DE FAENZA

93 — Grand et beau plat, décoré en couleurs variées, et représentant une pieta; beau style. Collection Soltykoff. Diam., 41 cent.

FABRIQUE DE LAFRATTA

94 — Grande et belle coupe sur piédouche élevé, en faïence gravée sur engobe et émaillée de couleurs variées; elle est décorée à l'intérieur de la figure du prophète Elie entourée d'une frise de feuillages gothiques; sur le pied, des oiseaux et des animaux.

Elle est accompagnée de son plat, qui présente à son centre la barque de Cythère, et sur la bordure ainsi qu'au revers, qui est entièrement décoré, des figures, des feuillages et des animaux. Pièces très-rares. Haut. de la coupe, 24 cent.; diam. du plat, 37 cent.

95 — Plat rond également gravé sur engobe; au centre, des armoiries, et dans la bordure une jolie frise de feuillages gothiques en blanc sur fond brun. Diam., 34 cent.

FABRIQUE DE DERUTA

96 — Petit vase à deux anses, décoré d'ornements à reflets nacrés. Haut., 19 cent.

97 — Petite brocca, décorée d'ornements et de feuillages à reflets nacrés et de forme très-élégante. Haut., 19 cent.

98 — Grand plat présentant au centre le buste casqué de Scipion l'Africain; la bordure est décorée de feuillages. Bel émail et beau coloris. Diam., 43 cent.

99 — Petit plat creux, décoré au centre d'un joli buste de jeune femme et de feuillages dans la bordure; le tout rehaussé de jaune d'or à reflets très-vifs. Diam., 26 cent.

100 — Plat de moyenne grandeur, décoré en couleurs; il représente les sujets de Diane au bain et d'Actéon changé en cerf. Diam., 39 cent.

FABRIQUE DE GUBBIO

101 — Coupe creuse à bossages en relief, portant au centre les armoiries d'un cardinal, entourées de rayons de flamme rehaussés de reflets rouges très-vifs.

102 — Deux vases, en forme de pomme de pin sur piédouche, munis de leurs couvercles ; l'un est décoré de bandes rouges et jaunes alternées à reflets métalliques très-vifs, l'autre en couleurs. Haut., 25 cent.

FABRIQUE D'URBINO

103 — Grande et belle salière de forme hexagone et architecturale très-élégante. Le corps principal, surmonté de figures de génies de ronde bosse, est flanqué de cariatides et repose sur trois mascarons; les panneaux, décorés de grotesques, portent les armes des Borghèse. Ancienne collection Visconti. Haut. 28 cent.

104 — Plat de moyenne grandeur, décoré d'une peinture très-fine représentant Diane et Actéon sur fond de paysage. Très-beau d'émail. Diam., 28 cent.

105 — Petite aiguière en forme de syrène, de ronde bosse. Pièce très-gracieuse. Haut., 20 cent.

106 — Jolie coupe d'accouchée accompagnée de son couvercle. Elle est décorée de sujets de personnages et l'intérieur de

son couvercle présente une jolie figurine d'amour voltigeant.

FABRIQUE DE CAFFAGIOLO

107 — Grand plat rond décoré en bleu rehaussé de reflets métalliques jaune d'or. Il présente à son centre l'écusson des Nasi flanqué de deux cornes d'abondance, de banderolles et de feuillages. Dans la bordure se trouvent deux médaillons; l'un d'eux offre le portrait d'un des Nasi et l'autre celui de sa femme.

Très-beau spécimen de cette fabrique. Diam. 43 cent.

FABRIQUE DE CASTEL-DURANTE

108 — Très-joli petit plat, décoré en camaïeu bleu; il présente à son centre une figure de Méléagre debout dans un paysage; le bord est orné de trophées d'armes et de banderolles sur lesquelles se trouvent des inscriptions et des devises en italien et en hébreu. Bordure en bois sculpté et doré de l'époque. Diam. 28 cent.

109 — Autre joli plat rond et creux, décoré en camaïeu bleu; il présente à son centre la figure de l'Amour captif; le bord est orné de trophées de musique et de trois médaillons avec bustes d'empereurs romains. Comme celui qui précède, il porte des inscriptions hébraïques. Bordure en bois sculpté et doré de l'époque. Diam. 28 cent.

110 — Petit plat creux dit *Cuppa amatoria*, décoré d'arabes-

ques en grisaille sur fond bleu foncé, d'un très-beau style; au centre un buste casqué. Diam., 23 cent.

111 — Petit plat creux; au centre des jeux d'enfants; autour, des arabesques bleues sur fond orangé. Diam., 22 cent.

112 — Deux *brocche* faisant pendant, à longs goulots, décorés de jolis bustes de femmes et d'ornements en couleurs variées. Très-bel émail et ancienne fabrique. Haut., 24 cent.

FABRIQUE DU XVe SIÈCLE

113 — Vase ou aiguière de très-ancienne fabrique italienne, du xve siècle, représentant un griffon ailé de ronde bosse, émaillé en violet et en vert sur fond gris. Spécimen très-curieux. Haut., 38 cent.

OBJETS VARIÉS

114 — Petite mosaïque carrée, exécutée en matières précieuses sur fond d'or. Elle représente saint Théodore vu à mi-corps et porte dans le champ diverses inscriptions grecques. Très-beau travail byzantin du XIe siècle, d'une grande rareté. Haut., 9 cent. Larg., 7 cent.

115 — Beau plat vénitien, en cuivre gravé, à ornements de style mauresque. Beau travail du XVIe siècle. Diam., 45 cent.

116 — Verrerie de Venise. — Beau vase de forme ovoïde sur piédouche et avec couvercle en verre à filets d'émail blanc soufflé à godrons, guirlandes et mascarons en relief. Haut., 29 cent.

117 — Verrerie de Venise. — Jolie coupe basse sur piédouche à bossages en relief, et présentant à son centre une syrène émaillée en couleurs, tenant un cartouche orné des lettres S. V. Diam., 22 cent.

118 — Aiguière de forme antique, en cuivre rouge repoussé

et ciselé, décorée de mascarons et d'ornements d'une grande finesse. Travail vénitien du XVIe siècle.

119 — Jolie petite châsse surmontée d'une galerie découpée à jour, en cuivre champlevé et émaillé, avec figures réservées en or sur fond bleu et à têtes en relief. La face principale présente dans sa partie inférieure le Christ en croix et les saintes femmes ; dans le haut, Jésus bénissant, entouré d'une auréole et un ange debout de chaque côté. Larg., 18 cent.; haut., 20 cent.

Travail de Limoges du XIIIe siècle, d'une belle conservation.

120 — Petite plaque de forme carré-long en émail de Limoges des premiers Pénicaud; elle représente quatre figures d'anges sur un fond semé d'étoiles. Larg., 21 cent.; haut., 5 cent.

121 — Petit plat creux en émail de Venise, à arabesques rehaussées d'or sur fond d'émail bleu, vert et blanc. Très-grande fraîcheur. Diam., 20 cent.

122 — Boîte arabe, de forme ovale, entièrement couverte d'ornements et d'entrelacs ciselés et gravés en relief.

123 — Coupe persane en bronze gravé d'ancien style. Elle est ornée à l'extérieur de sujets de chasse composés de figures d'hommes, d'éléphants et d'autres animaux. Diam., 24 cent.

124 — Baiser de paix en bronze doré, enrichi de plaques

niellées sur argent, représentant la Nativité ; la figure de Dieu le Père décore la partie cintrée.

Travail du commencement du XVIe siècle.

125 — Grand coffre en jaspe de Sicile, monté en bronze doré. Ses dimensions et la beauté de la matière sont remarquables. Haut., 15 cent. ; larg., 34 cent.

MEUBLES

126 — Joli cabinet italien, en bois d'ébène, dont l'intérieur, de forme monumentale, est enrichi de colonnettes en cristal de roche et d'incrustations en matières diverses, telles que : lapis, cornaline, agate, etc.

La table, en marqueterie de bois, est supportée par quatre colonnes droites. Larg., 65 cent.

127 — Petit cabinet à deux portes, en bois d'ébène enrichi d'ornements inscrustés en ivoire. Travail vénitien du XVIe siècle. Larg., 39 cent.

128 — Petit meuble, dont les portes en bois de noyer sculpté présentent des figures, des aigles et des ornements en relief. XVIe siècle. Larg., 1 mètre.

129 — Petit coffre de mariage en bois de noyer très-finement sculpté à ornements. Travail florentin du XVIe siècle.

TABLEAUX & DESSINS

130 — **Filippino Lippi.** — La Vierge agenouillée en adoration devant son divin Fils. Tableau rond dans un cadre en bois sculpté et doré de l'époque. Sur bois. Diam., 60 cent.

131 — **École du Pérugin.** — Charmant petit portrait d'homme, coiffé d'une toque rouge, sur fond de paysage. Sur bois. Haut., 30 cent.; larg., 20 cent.

132 — **École de Botticelli.** — Portrait de femme dans un riche costume. Sur bois. Haut., 40 cent ; larg., 30 cent.

133 — **École florentine du XVe siècle.** — La Vierge et l'Enfant Jésus, sur fond d'or. Sur bois. Haut., 75 cent.; larg., 40 cent.

134 — **Lucas Cranack.** — Sujet de la fable d'Anacréon; l'Amour piqué par des abeilles. Sur bois. Haut., 37 cent.; larg., 22 cent.

135 — **École de Lucas Cranack.** — Jeune femme nue, vue à mi-corps, portant un collier et une ferronnière. Sur bois. Haut., 44 cent. Larg., 34 cent.

136 — **Le Primatice.** — Appollon et les Muses, dans une riche bordure en bois sculpté et doré. Sur bois. Larg., 78 cent.; haut., 30 cent.

137 — **Masolino da Panicale.** — Deux grands tableaux représentant des sujets de siéges et de batailles, peints en grisaille. Ces peintures offrent un grand intérêt au point de vue du costume militaire italien au XVe siècle. Cadres en bois sculpté et doré. Sur bois. Larg., 1^m^, 60 cent. Haut., 44 cent.

138-142 — **Nicoletto de Modène.** — Cinq dessins d'ornements à la plume et rehaussés. (Signés.) Ils seront vendus séparément.

143 — Cadre contenant quinze miniatures à l'huile sur cuivre; portraits du XVIe et du XVIIe siècle.

144 — Autre cadre, contenant vingt miniatures à l'huile sur cuivre; portraits du XVIe et du XVIIe siècle.

Paris. — Typ. PILLET fils aîné, 5, rue des Grands-Augustins.

—

Objets d'art et de haute Curiosité,

(COLLECTION DE M. DE NOLIVOS)

Vente des 19 et 20 janvier 1866.

Me *Charles Pillet*, commissaire-priseur;

MM. *Mannheim*, experts.

(*Suite.*)

Meubles.

126 — Cabinet italien en bois d'ébène. — 770 fr.

127 — Petit cabinet en bois d'ébène, enrichi d'incrustations en ivoire. — 195 fr.

128 — Petit meuble avec portes en bois de noyer sculpté. — 220 fr.

129 — Petit coffre de mariage en bois de noyer sculpté. — 200 fr.

Tableaux et Dessins.

130 — Filippino Lippi. La Vierge en adoration devant l'Enfant Jésus; sur bois. — 2,800 fr.

131 — Ecole du Pérugin. Petit portrait d'homme, coiffé d'une toque rouge; sur bois. — 950 fr.

132 — Ecole de Botticelli. Portrait de femme; sur bois. — 530 fr.

133 — Ecole florentine du quinzième siècle. La Vierge et l'Enfant Jésus, sur fond d'or; sur bois. — 710 fr.

134 — Lucas Cranack. L'Amour piqué par des abeilles; sur bois. — 1,000 fr.

135 — Ecole de Lucas Cranack. Jeune femme nue, vue à mi-corps; sur bois. — 320 fr.

136 — Le Primatice. Apollon et les Muses; sur bois. — 780 fr.

137 — Masolino da Panicale. Deux grands tableaux représentant des sujets de siéges et de batailles, peints en grisaille; sur bois. — 960 fr.

138 à 142 — Nicoletto de Modène. Cinq dessins d'ornements à la plume et rehaussés. — Les nos 138 et 139 ont été vendus 330 fr.; le no 140, 150 fr.; les nos 141 et 142, 355 fr.

…tes des ventes importantes

www.ingramcontent.com/pod-product-compliance
Ingram Content Group UK Ltd.
Pitfield, Milton Keynes, MK11 3LW, UK
UKHW020457180726
13839UKWH00004B/1821